빗살무늬 토기에 관한 기억

원태경 시집

빗살무늬 토기에 관한 기억

달아실시선
106

달아실

보조 용언과 합성 명사의 띄어쓰기 등 본문의 맞춤법은 시인의 의도에 따른 것임.

시인의 말

첫 시집이 나오고 25년의 세월이 흘렀다.
오랜 세월 여기저기 흩어져 있던
내 식구들을 찾아내 한곳에 모아보니
오래된 공동묘지 무덤 한가운데 선 것 같기도 하고
새로 입주한 아파트에서 어두운 밤하늘을 올려다보고 있는 듯
하다.
이번 시집이 다음 시집을 준비하는 계기가 될지
생애 마지막 시집이 될지
머릿속이 분주하다.
미래를 누가 알까.
세상이 조금씩 어두워지고 눈이 오려나,
느릿한 바람이 분다.

2025년 12월
원태경

차례

빗살무늬 토기에 관한 기억

시인의 말   5

1부

빗살무늬 토기에 관한 기억   12

빈처貧妻   14

개   16

순대국밥집   18

도루묵   19

웃는 돼지   20

부부별곡   21

겨울, 소양강   22

어머니가 생불生佛이다   24

홀로된 구두   26

황소   28

내가 사는 곳은   30

도시의 까치   31

좋은 시간   32

2부

첫사랑 무렵에는 — 목련　34

사랑가　35

첫눈　36

달맞이꽃　37

정전　38

봄이 오면　39

우체국에서　40

노란 민들레꽃　41

민들레　42

또, 민들레　43

별　44

매미 1　45

매미 2　46

3부

열목어　　48

큰스님 말씀 1　　49

큰스님 말씀 2　　50

큰스님 말씀 3　　51

나무는 눈과 입이 한 몸이다　　52

오세암에 오르며　　53

순간 부처　　54

고인돌　　55

편견　　56

훈계　　57

백내장　　58

황토 숯가마 찜질방에서　　59

4부

김유정문학촌　62

우리 집 줄장미　64

아빠 오리　65

선운사 동백은　66

똥통학교　67

어머니 소원　68

안개　70

친구 생각　71

가을비　72

눈이 오시네　73

손에 손잡고 ― 국회의원　74

김유정 동백꽃 ― 생강나무　75

봄　76

별은 따뜻하다　77

해설_ 우리의 모든 순간은 예술이 될 수 있을까 • 임지훈　78

1부

빗살무늬 토기에 관한 기억

좀처럼 비가 그치지 않았다
비를 맞으며 온 산을 뒤집고 다녀도
사슴은커녕 토끼 한 마리 만나지 못하고
빈손으로 동굴로 돌아왔다
젖은 몸을 말리는 동안에도
만삭의 아내는 열매는 이제 지겹다고
사슴고기가 먹고 싶다고 했고
그 이빨로 목걸이도 하나 걸고 싶다 했다
돌도끼를 단단히 다시 고쳐 매고
비가 빨리 그쳐주길 기다려 보지만
동굴 속까지 파고드는 천둥과 번개 불빛
벽 한쪽에 그려 놓은 사슴 머리뿔이
조금씩 자라고 있는 것처럼 보였고
아이들은 아내 옆에서 계속 울고 있었다
비는 그칠 줄 모르고 더 이상 비가 계속 내리면
어쩌면 동굴도 다시 바꿔야 한다는 생각에
식구들보다 더 크게 울고 싶었다
가슴 속에 품고 다니던 화살촉을 꺼내
황토 그릇마다 식구들 가슴살을 파듯

빗줄기를 그려 넣었다 두고두고 기억하라고
불보다 물이 더 무섭다고 단단하게 적어 넣었다

빈처貧妻

사내를 기다리다
불도 끄지 못하고
먼저 잠자리에 든 아내가
숨결을 고르고 있다

오늘도 하루가 편치 못했음이라
낮에 보았던 그 무엇이 쫓아오는지
온몸을 흔들며 헛발질까지

아내 옆에 나란히 누워
내 숨을 죽이고 아내의 숨결을 골라 본다
숨결과 숨결 사이 빈 행간으로
내 숨결을 가만히 밀어 넣고 슬며시
아내의 손도 잡아 보지만

엇박자만 따라다니는 음치처럼
오히려 아내의 숨결에 자꾸 치인다
어쩌면 아내의 숨결이
먼저 일어나 잠 밖으로 밀려날 것 같아

서둘러 아파트 베란다에 선다

벌써 먼 산 이마 부근이 허옇다
모든 불빛이 멀어 보이고
오늘따라 별빛조차
눈에 시리다

개

쓸쓸하다 이 집 식구들이 모두 잠든 아파트
베란다로 나와 홀로 세상을 본다
오늘은 하루 종일 황사에 시달려
별빛이 여기까지 닿지 못하는가 보다
붉은 십자가 모자를 꾹꾹 눌러 쓴 교회당은
계속 늘어나는 것 같은데 이 집 주인은 오늘도
세상이 점점 살기 힘들고 무섭다고 한다
저 아래 주차장에는 표본실에 전시된
딱정벌레, 하늘소, 풍뎅이, 무당벌레만 한
자동차들이 박제처럼 바닥에 붙어 있다
더듬이가 없어서일까 반딧불이만 한 자동차가
조심조심 기어서 들어왔다가 잠자리를 찾지 못하고
다시 돌아 나가고 있다 조금은 안타깝다
의심 많은 이 집 주인은 현관문에 이중삼중으로
잠금장치를 해놓고도 모니터로 얼굴을 확인해야
식구들도 집 안으로 들인다 안방에 들어서도
다시 문을 안으로 잠귀야 잠자리에 드는 집이
내가 사는 집이다
수상한 사람은커녕 좀처럼 이웃에서도 찾아오는

사람 없으니 신나게 개답게 짖어 보고 싶어도
개가 개소리 낸다고 주인에게 성대를 잘린 친구들 생각에
그저 나는 조심조심하며 산다
나의 꼬리는 충실하다
이 집 식구들의 냄새나 소리엔 반사적으로
꼬리부터 흔들어야 한다
식구들 각각의 코드에 맞게
뛰어가 안기거나 구르거나 엎드려 살살거리거나
캥거루처럼 앞발을 들고 깡총거리며
꼬리를 흔들어주면 된다
나는 꼬리로 이 집을 지키고
나의 인생은 꼬리에서부터 나온다

순대국밥집

하루에도 몇 번씩 사직서를 쓰고 싶지만
원시인처럼 돌도끼를 들고
일용할 양식을 구할 자신이 없어
꼴린 밸을 속으로 다스리다
퇴근길에 순대국밥집에 들어선다
여기서도 고무 함지 가득 뒤틀리고 헝클어진
희고 붉은 밸들이 서로 엉겨붙어 있다
순간 밸도 없는 놈들 돼지 같은 놈들이라고 쉽게
떠들고 다닌 내가 부끄러워진다
뒤틀리고 헝클어진 밸을 한 줄씩 풀어
밸 가득 붉은 선지며 우거지 잡채를 채워 넣자
꼴린 밸이 꿈틀거리며 다시 살아나고 있다
뻣뻣하게 일어서는 삽자루만 한 자존심도 보인다
뜨거운 순댓국 한 숟가락
맑고 투명한 소주 한잔
어둡고 헝클어졌던 밸이 풀어지는지
별빛까지 내장 속으로 묻어 들어왔는지
내장 속이 훤해지는 것 같다

도루묵

시장 한 켠 어물전이 분주하다
방금 실려 온 도루묵이 좌판 위로 오르고 있다
비늘 없는 은백의 날씬한 몸매 어물전이 환해진다
암놈들은 금방이라도 뱃살을 째고
주황빛 알을 쏟아낼 것 같다
큰놈들은 잡혀 와서도 얼음으로 장판을 깔고
스티로폼 상자 속에 호스스럽게 누워 있다
플라스틱 바구니마다 무더기로 쌓인 놈들이 팔려나갈
순서를 기다리고 있는 동안
키가 조금씩 빠지는 놈들은 여기서도 다시
한쪽으로 가려지고 있다
저놈들은 필경 덤으로 얹혀 나가거나 파장 무렵까지
늦은 손님을 기다려야 할 녀석들이다
억울한 마음으로 긴 턱을 더 빼물어 보지만 누구도
그들의 마음을 읽으려 하지 않는다
한땐 임금님 밥상에 올랐던 도루묵인데
호랑무늬가시고기, 도리바리, 도루매기, 가시고기, 은어
아름다운 옛 이름이 더욱 그리워지는
도루묵

웃는 돼지

돼지머리 근엄하게 웃고 계시네
고사상 제일 가운데 자리
입에는 한입 가득 돈도 물고 계시네
짐승도 죽으면 영험해지나
그런저런 사람들이 무릎을 꿇고
술잔을 올리고 넙죽넙죽 절을 올린다
벌건 대낮에 촛불까지 밝히고
돈만 많이 벌게 해준다면 이따위 절쯤이야
명예가 생기는 일이라면 이 정도 비굴함이야
죽은 돼지의 힘은 어디서 왔을까

웃으면서 죽어 갔을까
죽으면서 애써 웃었을까

부부별곡

때로는 새같이 자유롭게 날고 싶지만
여기서 놓아주면 서로 죽음이다
한쪽 끝이 닿아 있음으로
그대와 내가 살아 있음이다
부부라는 것이 어쩌면 저 하늘에 떠 있는
방패연 같아서 일정한 거리를 두고
서로 묶이고 풀어지고 다시 감기면서
서로 살아 있는 것이다
이 땅에선 이런 걸 때론
사랑이라고 부르기도 하지만

겨울, 소양강

소양강의 겨울은 길다
얼음 한 장으로 온몸을 덮고
그 위에 다시 솜이불 같은 눈을 뒤집어쓰고
무겁고 긴 동안거에 든다

겨울이 오면 강물도
누구에게도 보여주고 싶지 않은
세상이 있는가 보다
깊은 속살부터 마음까지 다 내주었던
산과 바람과 별들까지 다 불러 모아 놓고
침묵하라고 이야기하는 것 같다
스스로 자신을 감추거나
지나온 세월을 뒤돌아보라고
이야기하는 것 같기도 하고

결국엔 강물도 흰 뼈대를 드러내고
짐승같이 쩌렁쩌렁 울어 보기도 하지만
자신의 뼈에 붙은 흰 살을 조금씩
발라내면서 겨울을 견디는 것이다

다시 소양강으로 태어나기 위하여
봄을 준비하는 것이다

어머니가 생불生佛이다

새벽을 깨우는 어머니 염불 소리
어머니의 안방은 부처도 없고 신도 한 명 없는
팔십 평생 어머니가 스님이고 가끔 내가 신도일 뿐이다

아범 요즘 너무 늦게 들어오는구나 좀 일찍일찍 다니거라
친구들과 잡기에 빠져 있을 때다
어머니의 오늘 설법이다
아범아 누구든지 절대 보증 서주는 거 조심하거라
절대 누구하고 싸우지 말고 무조건 참는 게 이기는 거다
아침 출근길 어머니 설법 귓바퀴에서
묻어 좀처럼 떨어지지 않는다
친구 보증서 주고 설마설마했지만 매달 봉급에서 절반
압류하겠다는 통지서를 법원에서 받아 논 상태다
자동차 조심해서 몰고 술 마시면
절대 운전하지 말라는 어머니 설법
건성으로 흘려듣고 한 잔 정도는 괜찮겠지 운전하다
지금은 운전면허 정지 중이다

하지 마라 하지 마라 하지 마라 어머니 설법

나는 알고 있다 나무아미타불
나는 알고 있다 나무아미타불

그러한 어머니 오늘은 묵언으로 설법하신다
오히려 내 눈치만 살피시고 고요하다
내가 사직서를 가슴에 품고 다니는 걸
아, 어머니는 이미 알고 계신 거다

이미 어머니는 살아 계신 부처이다
나의 어머니는 살아 계신 부처이다

홀로된 구두

구두 한 짝이 길 한복판에서 어쩔 줄 모르고 있다
잃어버린 제 한 짝을 찾고 있는 건지
혼자 남아 자신을 찾고 있을 다른 한 짝에게
나 여기 있다고 큰 입을 더 크게 벌리고 소리쳐 보지만
응답이 없자 안타까워하는 눈치다
누워서도 다물어지지 않는 입은 누구라도
발만 들여놓으면 한입에 꽉 물고
따라나서겠다는 의지가 한눈에 봐도 결연하다
길 가던 행인들은 옆으로 비켜 가거나 관심이 없다
무심한 자동차가 툭툭 발로 차고 가거나 온몸으로 밟
고 지나가도
반항 한번 못하고 제자리로 돌아와 입만 벌리고 있다
한 번도 혼자가 되어본 적이 없었던 구두로서는
혼자라는 것이 무서웠을 것이다
신발이 이처럼 외로움이라는 것에 대하여
무서워했다는 소리를 나는 아직 들어보질 못했다
한쪽 생이 다른 한쪽의 생까지 끌고 다닌다는
생각에 이르러서는 구두는 구두로서 마지막
책임감과 두려움이 함께 밀려왔을 거다

날이 밝고 그 도로 위에 홀로 남겨졌던
구두는 결국 누군가에 의하여 치워졌고
나는 잠시 가던 길을 멈추고
나의 구두를 오래도록 내려다본다
내 구두 옆에 나란히 붙어 있는
아내의 얼굴

황소

처음에는 마냥 신났다
먹구자구먹구자구먹구
금방이라도 잡아챌 올가미 같던
고삐도 풀어버리고
그저 잘 먹고 살이 오를수록 사랑받는 게
살맛 나는 세상 같았다
온몸에 살이 오르고 기름이 흐를수록
요즘은 왠지 불안하고 초조해진다
누군가 음모로 우리가 속고 있는 것 아닌지
의심해 보지만 지금쯤 어깨에 멍에를 걸치고
쟁깃날을 세워 겨우내 단단하게 굳어버린 비탈밭을
깊숙이 갈아엎곤 했었는데
읍내에 나가 비료도 실어 오고 두엄도 내야 하는데
누구도 일터로 불려가질 않는다
황톳빛 언덕과 개울 옆 지천으로 널려 있던
초록 풀 그 꼴 맛이 문득문득 그리워지고
저물녘 쇠방울 흔들며 집으로 돌아올 적에
검은 산 머리맡을 흐르던 주홍 노을이
오늘은 자꾸 내 눈시울로 흘러든다

새벽별과 함께 잘게 썰어 무쇠솥 가득 삶아주던 여물죽은
지금도 군불 때던 아궁이에서 설설 끓고 있을까
낮에 먹은 영양 사료를 몇 번이고
다시 게워 되씹어 보아도
그때 그 시절 싱싱한 풀 더욱 그리워지고
흐뭇한 울음만 메아리로 되돌아온다
누가 나를 다시 내 고향으로 보내다오
음모를 풀고 내게 다시 코를 꿰어 멍에를 채워서
논으로 밭으로 보내주오
아, 진짜 황소로 돌아가고 싶다

내가 사는 곳은

    사무실을 나와 눈부신 신시가지를 거쳐 도로 하나를 건너 오래된 소방도로를 빠져나와 희미한 골목으로 접어들다 언덕이 나오면 살아 온 나이 수만큼 층계를 밟아 올라 아침에 빠져나왔던 집으로 들어선다 심장에서 멀리 떨어진 실핏줄 그 끝 손톱 혹은 발톱 언저리

도시의 까치

　까치들은 식구들이 늘어나도 더 이상의 집을 짓지 않는다 해가 지면 식구들을 모아서 중앙로 로터리 부근 오래된 가로수를 집으로 삼거나 빌딩 숲 언저리에 저마다 잠자리를 정하면 된다 한 나무에 너무 심심해지면 이 나무 저 나무 가지마다 자리를 바꿔 앉으며 세상 사는 재미를 익히곤 한다 어쩌다 눈이라도 내리면 요란하게 소리치거나 이마로 받거나 그 자리에서 젖으면 된다 그 모습을 매일 밤 지켜본 별들은 그 모습이 무척 안쓰러워 밤마다 젖은 눈물을 훔치며 그들을 내려다보지만 아침이 오면 밤새 깃털에 내린 이슬이 별들의 눈물인지 하느님의 눈물인지 모르지만 너는 울고 나는 웃고 네가 웃으면 나는 또 울고

좋은 시간

세상이 조금씩 어두워지고
눈이 내리는 배경으로 딱 어울리는
퇴근 시간 무렵

2부

첫사랑 무렵에는
― 목련

나 혼자만의 기다림인 줄 알았습니다
사랑에 처음 눈뜰 무렵이었습니다
미련도 사랑인 줄 알았습니다
그녀는 이미 돌아선 뒤였습니다
차마 말 못 하고 망설이다
되돌아오면 언제나 그 자리에
서 있던 나무 한 그루

사랑가

새처럼 날아야
나는 것이냐

술에 취한 듯
잠에서 덜 깬 듯

아슬아슬 비실비실 금방이라도

떨어질 것 같은데
지켜보는 내가 더 가슴 졸인다

어, 저것 봐라
꽃만 골라 앉는 요놈들 봐라

당신도 꽃에 취해봐
당신도 사랑에 미쳐봐

첫눈

맞고 맞고 또 맞고
다시 맞아도 좋다
그대와 함께 맞으니

너무 좋아라
정말 좋아라

달맞이꽃

그믐밤
고, 고, 고하고 부르면
요, 요, 요라고 대답하며
노오란 얼굴 내미는
기도하는 소녀

정전

촛불을 켜지 않아도
훤하던 밤

그대 속살처럼
아찔한 목련이 스스로 목을
똑똑 분지르며
저항하던 밤

아, 지금도 가슴 졸이는
목련 필 무렵

봄이 오면

꽃을 보면 온몸이 간지럽다

내 몸 여기저기 은밀한 자리를 뚫고

노란 꽃망울이 툭툭 터질 것 같다

나 혼자 외롭고 나만 아프고 나만 슬픈 것 같다고

스스로 주문을 걸어 울어 보기도 하고

술에 취한 듯 초록 잎 그늘 속으로

숨어버리고 싶기도 하고

꼭꼭 숨어서도 귀 하나는 열어 놓고

누군가 불러주길 간절히 기다리는

우체국에서

우체국에 가더라도
빨간 우체통 이젠 없더라
그녀의 기억도 돌아오지 않고
가슴도 이전처럼 붉게 뛰질 않더라
오래된 엽서 그림처럼
우체국 담장 옆으로 줄 선 은행나무들
제 식구들 모두 털어 내고
작은 바람에도 온몸을 움츠리고
벌벌 떨고 있더라
오늘도 기다리는 사람은
깜깜 소식이 없는데
낯설은 카톡은 딸꾹질처럼
자꾸 카톡 카톡

노란 민들레꽃

모두 떠났습니다
김유정 선생 생가 마당 잔디밭
낮에 뜨는 별처럼
노란 접시꽃을 손바닥처럼 펼쳐 놓고
별자리같이 앉아 있습니다
밤이 오면 알 수 없는 먼 별나라 시인들과
교신을 하는 것 같다고 했고
어쩌면 나비들이 다녀간 뒤로 그리움이 더 커져
떠날 수밖에 없었다고 합니다
오늘은 노란 그리움이 빠져나간 그 자리
투명하도록 흰 풀씨만 폴폴 날리고 있네요
아, 나도 누군가 그리워지고
이 밤 그곳에 닿고 싶네요

민들레

나도 그렇게 떠나고 싶네
동그랗게 그리움을 피워
그대에게 날아가고 싶네
바람 좋은 날을 골라
노오란 꿈을 찾아
축축한 추억은 여기에 두고
떠나고 싶네
날개는 없지만
새보다 더 높이 날아
그대 가슴이 닿는 곳까지

또, 민들레

그녀의 앞가슴에서
툭 떨어져 나간
노란 단추 하나

별

별은 뜨고 지는 게 아닌데
사람들은 저마다 자신의 눈으로
별을 이야기합니다

별은 늘 그 자리에 있고
그대 마음이 뜨고 지는 걸
별들이 지켜보고 있는지 몰랐습니다

그대 마음속에 지워졌다가
다시 태어났다 지워지고
흔들리는 동안에도

별은 늘 그대를 비추고 있음을
별은 늘 그대 마음속에 자리하고 있음을

매미 1

그대가 그렇게 울어댄 까닭을
이제야 알았습니다

단풍은 노을처럼 흐르고
한번 구부러진 햇살은
좀처럼 펼쳐지지 않지만
가슴은 하늘처럼 시퍼렇게
점점 멍들어 가고

누군가 다시
그렇게 울고 있다면

아마도 눈이 내리겠지요
그대도 돌아가겠지요

매미 2

머리에 붉은 띠를 두르고
침묵으로 버티어 보기도 하고
분명하게 미움 미움 미움하고
길게 시위도 해 보지만
사람들은 그냥
음미음미음미로만 읽어 버리니
정말 애가 마를 노릇이다
그래서 가슴이 터질 때까지
가슴을 비벼서 울어 보는 거다
그대의 가슴속 눈물이 마를 때까지

3부

열목어

아니 나보다 먼저 와 있었구나
찬물에 얼굴 씻고
붉은 눈 누구에게도 보이고 싶지 않아
깊은 산골 여기까지
몰래 올라왔구나
직장에서 강제로 밀려나고
식구들 마주할 용기 없는 나처럼
젖은 눈 감추고 왔구나
헤진 가슴 보듬고 왔구나

큰스님 말씀 1

부처님 오신 날 앞두고
연등 하나 달고 소원을 빌어 본다
부처님께 큰 복 하나 내려 달라고
절을 올린다 절을 올린다 절을 올린다
큰스님 말씀이 부처님께서는
가지고 계신 복이 없다 하시네
서운한 마음으로 부처님 손을 바라보니
부처님 빈손으로 합장하고 계시네
부처님 손가락으로 허공을 가리키시네
부처님 손바닥을 보여 주시네
천 개의 손을 갖고 계신 부처님
천 개의 손에 천 개의 눈만 들고 계시네

큰스님 말씀 2

산을 오르다
땀을 식히려
개울물에 손을 담그니

물속에 산이 흐르고
산속에 물이 흐르는데

큰스님 말씀은
산은 산이요 물은 물이다 하시니
이해할 수 없는 나로서는

산이란 산은 모두 경전으로 보이고
흐르는 물은 모두 법문으로 들리네

큰스님 말씀 3

절에는
부처님 안 계신다는데
부처님께 인사드리러

산에 오른다
절에 든다
대웅전에 든다

안 계신 부처님께 인사 올린다

부처님 안 계신다는데
부처님 진짜 계시는 거 같고
부처님 분명 대웅전에 계시는데
부처님 정말 안 계시는 것 같고

부처님
어디서 빙그레 웃고 계실까

나무는 눈과 입이 한 몸이다

나무는 눈과 입이 한 몸이다
눈 속에 혀를 감추어 놓고
봄이 오면 꽃으로 태어나거나
눈 속에 감춰둔 둥글고 푸른 혀를
조금씩 내밀어 보여 주는 것이다
그 많은 혀로도 한마디 말도 안 하고
제 몸속에 하늘로 오르는 길을 키운다
가을이 끝나가면 그 많은 혀를 스스로
잘라버리고 다시 눈과 입을
한 몸으로 모으고 침묵하는데
나는 혀 한 개로도 자꾸 무엇인가 말하고 싶어
자주 입이 마렵다

오세암에 오르며

백담사 들러 만해 큰스님 전에 인사드리고
개울가 소원탑에 돌 하나 주워 소원을 얹어 본다
오세암까지 오르다 내처 봉정암
적멸보궁에 오르겠다는 욕심을 낸다
한참을 오른 것 같은데
한참을 더 올라야 닿을 것 같다
땀으로 빠져나와 마르고 젖고
몇 번을 반복하면서 마른자리엔
하얀 소금꽃이 버짐처럼 피어오른다
이젠 뒤로 돌아설 용기도 없다
저기 노스님 한 분 가뿐가뿐 내려오시네
부처님 산에 두고 대처로 내려가시네
내 몸은 산으로 오르는데
내 마음은 저기 내려가시는
노스님을 따라 나서네
저기 부처님 내려가시네

순간 부처

세월의 더께를 입고
햇살 아래 가부좌를 틀고 앉은 석불들
모두 머리가 잘려 나간 부처님
오랜 세월 합장하시고
새로 오실 부처를 기다리고 계시네
머리 없는 석불 위에
새로 오신 부처께서 자신의 머리를 슬며시 얹고
순간 부처가 되어보지만
사진만 찍고 나면 모두
부처의 자리에서 중생의 자리로 돌아간다
부처가 되는 게 부처의 자리가 얼마나
어렵고 힘든 자리인지 모두 알고 있는가 보다
새로 오실 부처를 기다리고 계시는
머리 없는 부처님 소원은 언제 이루어지려나

고인돌

더 이상 이 땅은
그들에게도 희망이 아니었나 봅니다
다음 생에서는 절대로
이 땅에서 태어나지 않겠다는
맹세를 하였는지
세월의 무게보다 큰 바위를 뒤집어쓰고 들어가
지금도 고요하게 누워 있다는 것은

편견

한쪽 눈을 감고
남은 한쪽 눈으로 보아야
제대로 보이는 세상이 있다

줄을 똑바로 맞추거나
총을 쏠 때도 그랬고
사진을 찍거나 눈에 보이지 않는 세상을
현미경으로 관찰할 때도

두 개의 눈으로 보는 세상보다
때로는 한쪽 눈으로 보는 세계가
제대로 보일 때가 있다

훈계

여기 들국화 많이 피었네
쑥부쟁이가 개망초 허리를 꾹 찌른다
개망초가 구절초 눈치를 살피는 동안
키 작은 산국이 관심을 보이며 얼굴을 내민다
모두 자기들 이름이 아니라고 고개를 흔든다
너는 이름이 무어냐고 나에게 묻는다
꽃들도 저마다 부르는 이름이 있는데
함부로 알은체한다고 날
단풍나무 한 그루로 세워 놓고

백내장

수술대에 누워
눈을 감고 다른 세상을 만난다
눈을 감아야 보이는 세계
의사는 자꾸 눈을 크게 뜨라 하고
나는 감고 있는 눈을 뜨고도 감긴 상태로
새로운 세계를 만나고 있다
온통 검은 공간을 우주선이 날아다니고
별과 별 사이로 창문 없는 비행접시가
강렬한 빛을 쏘아대며 눈 속으로 파고든다
눈을 감고 보이는 세상
눈을 떠도 감긴 눈으로 보이는 세상

황토 숯가마 찜질방에서

허리를 동그랗게 구부리고 참나무숯을 굽던 황토가마 찜질방으로 들어선다 황토 벽돌과 벽돌 사이 틈새를 비집고 초록의 혀를 낼름거리며 화산 같은 불꽃이 금방이라도 터질 것 같다 모래시계에서는 연분홍의 시간이 사륵사륵 내리고 있다 적막하다 여기서 숨을 멈추면 백열등이 금방이라도 녹아내릴 것 같은 긴장이 흐른다 오롯하게 둘러앉은 사람들이 애써 눈을 감고 생각에 든다 저마다 지나온 생애와 앞으로 살아갈 나날을 가늠해보는지 고개 숙이고 고요하다 더러는 잔기침을 속으로 삼키며 모래시계의 흐름이 멈추길 기다려 밖으로 나가려는 눈치이다 헐렁한 찜질복이 마르고 젖기를 반복하는 동안 옷 솔기를 따라 소금꽃만 희미하게 피고 있었다 참나무숯을 굽던 가마에서 나 자신을 구어 본다 땀으로 빠져나온 땀의 무게만큼 좀처럼 뱃살을 내릴 수 없음을 아쉬워하지만 산다는 것이 어쩌면 한순간을 태워 생애를 한 줌 재로 마감하는 삶과 참숯으로 새로운 생명으로 다시 탄생하는 참나무의 삶을 지켜보며 나는 어떻게 타고 있을지 오래도록 생각해 보았다 황토가마 속을 빠져나오며 모래시계를 다시 제자리에 놓고 뒤집어 주었다

4부

김유정문학촌

생강나무 아래 벌개미취가 자라고
노루오줌이 번지고
매발톱이 크고
장구채도 보이고
쑥부쟁이가 피고
구절초도 고갤 흔들고
옥잠화가 울타리에 기대섰고
초가지붕 위로 게으르게 굴러다니는 조롱박도 보이고
풍뎅이 굼벵이는 더 깊은 속으로 몸을 숨기고
키 큰 솟대는 만사가 다 싱거운 듯 하늘만 쳐다보고
연못이 있고
그 위론 정자가 비추고
새털구름이 흐르고
단풍 노을이 머뭇거리는 동안
솔바람이 빠르게 지나가고
산수유 열매가 빨갛게 마르고 있고
밤이 오면 고양이가 제집처럼 들렀다 가고
가끔 금병산 안개가 내려와 안부를 묻다 가고
나는 오늘도 툇마루에 나와 우체부를 기다리고

김유정은 없고

우리 집 줄장미

울타리를 더 두텁고 무섭게 하기 위하여
가시가 많은 줄장미를 골라 잘 가꾸었더니
붉은 줄장미의 얼굴이 담을 넘으면서
길 가던 행인들의 발길을 잡아당기고
이제는 아예 울타리를 넘는 얼굴들을
뚝뚝 분질러 가거나 사진 찍는 명소가 되었습니다
세상살이 때로는 이래서 요상하다고
누군가 나에게 이야기해 준 기억이 납니다
우리 집 줄장미는 올해부터 그대에게 드리는
줄 장미가 되었습니다

아빠 오리

의암호에 서다
청둥오리가 떼로 오른다
우리 딸 산타 할아버지 기다리던 시절
저 오리 아빠가 키우는 오린데
다 날아가면 어쩌나 어쩌나
슬쩍 놀려 먹으면
오리야 오리야 어서 돌아오라고
소리 소리치던 꼬맹이
이제 어른 되어 의암호 지나다
청둥오리 떼를 만나면
아빠 오리 기억할까

청둥오리 녀석들 기억을 뒤적거리는지
물속을 들락거리는 의암호에 다시 서다

선운사 동백은

선운사 동백은 이제 막 초경을 끝낸 딸아이
젖몽우리만 한 꽃봉오리가 금방이라도
톡톡 터져 오를 것 같은데
입춘 지나 우수 경칩 무렵에 웬 눈보라까지
선운사 동백은 남다르다 하여
남보다 먼저 만나러 나섰는데
입 앙다물고 완전 새침데기다 금방이라도
터질 것 같아 이쁘겠다 이쁘겠다
아쉬움에 돌아서는데 어디서 한 떼의 동박새 무리
바람처럼 먼저 달려든다
선운사 동백은 하늘에서 내린다는데
선운사 동백은 땅에서 지고 나면 마음에서 다시 핀다는데
동백은 말이 없고 가슴은 아쉬움만 피고 지고
눈 내리는 선운사

똥통학교

내가 다니던 교동국민학교
우린 마냥 '똥통학교'라 불렀다
관내 체육대회에서 져도 똥통학교
호랑이 선생님이 계셔도 똥통학교
변두리 작디작은 학교라서
우린 마냥 똥통학교라 불렀다
훤한 대낮에도 변소는 무섭고 고요했다
비 오는 날에는 귀신이 나온다는 똥통학교
누군가 칠판에 백묵으로
'똥통학교'라 크게 써 놓고
선생님 눈을 피해 얼른 지우고 웃다
다시 써 놓고 크게 웃던 시절
그 친구들 그렇게 저렇게 학교를
떠나온 지 벌써 반세기 넘어
오늘은 그 정겨운 이름
'똥통국민학교' 크게 불러 보고 싶다
그 친구들 그리워진다
다시 그곳에 닿고 싶다

어머니 소원

음력 유월 초사흘
붉은색 동그라미
아버님 제삿날이다
변함없는 어머니 한풀이가 늘어진다
내 죽어도 니 애비와 합장하지 마라
쌓이고 맺힌 게 얼마나 많으셨으면
평생 입에 달고 사셨다
내 죽어도 당신 제사는 지내지 마라
쪼글쪼글한 살림살이에 줄줄이 제사까지
지긋지긋 질릴 만도 하셨겠다
어머니 한 많은 세상 떠나시면서
산소도 없이 한 줌 재마저 바람에 실어
산으로 강으로 풀려 바다로 가신 어머니
그립다 그립다 하면 행여 기웃기웃 다녀가실까
작은 바람에도 어머니 음성 섞여 있을지
어머니 세상에선 신발을 태워 드려야
날개가 달려 세상을 훨훨 날아다니시겠지
사시사철 옷가지 골고루 태워 곱게 단장도 하고
손목에는 염주도 채워 드리고

평소 운수떼기 좋아하셨으니
화투도 한목 태워 드리고
가족 얼굴 잊지 말고 찾아오시라
가족사진도 태워 드리고 그런데 말입니다
아버님 소식은 묻지 못했습니다

안개

저 혼자 떠날 것이지
식구들이 모두 잠든 새벽을 골라
창문 옆을 떠나지 않고 꼬드기는
그 질긴 유혹에 빠져 또 길을 따라나선다
내가 보고 싶어서 그대를 찾아 나서면
그대는 내게서 저만큼 멀어져 있었고
그대가 나를 보고 싶을 때만 찾아와
이렇게 흔들어 놓다가 간다
가슴까지 적셔 놓고 간다

친구 생각

비 내리니 술 생각나고
술이 오르니 먼저 간
친구가 보고 싶다

창문 밖에선 툭툭 창문을 흔들어
지나던 바람이 관심을 보인다
알은체하면 금방이라도 끼어들 추세다

누군가 왈칵 문을 열고
들어설 것 같은데
한줄기 비바람이 훅 지나고 있다

빈 병 옆에 다시 빈 병 하나
슬며시 드러눕는다
나도 그 옆에 눕고 싶다

가을비

우산 속까지 파고들더라

삭막한 가슴 흔들어 놓고

오래된 기억까지 적셔 놓더라

쓰고 있던 우산을 접고

빗속으로 나를 밀어 넣더라

눈이 오시네

눈이 오시네
알몸으로 오시네
지상에 닿기도 전에 벌써
가슴까지 파고드는 눈이 오시네
오래된 기억을 불러내는 눈이 오시네
감춰둔 마음까지 읽고 계신 눈이 오시네

시나브로
시 나 브 로
시　나　브　로

손에 손잡고
— 국회의원

문어발 같은 손으로 악수를 한다
각각 손끝에 바코드를 붙여놓고
입력된 암호에 맞추어 적당하게
손을 흔들기도 하고 두 손을 감싸거나
슬쩍슬쩍 형식적으로 인사를 한다
때로는 누군지 몰라도 적당히 알은체하기도 한다
가끔 감춰둔 바코드가 서로 엉켜 속마음을
들켜버려 난감할 때도 있지만
이미 부끄럼을 잊어버린 손으로 뻔뻔해진 손으로
손에 손잡고 다시 손잡고
그래 그래도 다시 손잡고

김유정 동백꽃
— 생강나무

올해는 얼마나 알싸할까

정말 향긋하려나

살짝 입술 대보려는데

코가 먼저 닿았을까

까무룩 무엇엔가 정신까지 빨려

온 세상 아득해지네

봄

빨리 보여주고 싶겠지
빨리 보고 싶었지
벌써 보고 있었네

별은 따뜻하다

누가 불을 켜 주지 않아도
스스로 빛을 내는 별이 있습니다
누군가 지켜보고 있다는 믿음으로
저 별은 오늘도 조용히 불을 켭니다
사람도 저 별처럼 따뜻한 사람이 있습니다
내가 만난 사람과 셀 수 없이 많은 별들도
누군가 관심을 줄 때 더 빛나 보입니다
전생에 내가 살다 온 별나라와
다시 돌아가야 할 별나라를 나 자신도 알 수 없지만
산다는 게 별똥별처럼 순간에 사라지는 것 같아도
사는 동안 뜨겁게 살았다면 다시 별로 돌아가겠지요
오늘 밤 눈썹과 눈썹 사이로 은하수를 헤치고
초록별 하나 떠오르겠지요
나는 내 가슴의 불을 켜고
초록별을 기다리겠습니다

우리의 모든 순간은 예술이 될 수 있을까

임지훈

문학평론가

제아무리 대단한 예술가라 할지라도 생의 모든 순간이 '예술적 영감'의 시간으로 가득차 있는 것은 아니다. 예술가에게도 그런 순간은 일생 가운데 찰나에 불과하다. 예술가 또한 사람이기에 그 밖의 시간을 채우는 것은 생존을 위해 요구되는 지리멸렬한 생활의 연속일 따름이다. 예컨대, 낡은 신발 한 짝을 구겨 신는 일, 은행에서 순번표를 뽑고 앉아 자기 차례를 기다리는 일, 집 근처 식당에서 음식이 나오기까지 TV를 바라보고 있는 일, 다시 집에 들어와 구겨진 빨래를 개며 이유 없는 한숨을 쉬는 일같이 반복되는 일상의 고단함이 하루의 대부분을 채운다.

그럼에도 불구하고 소수의 인간이 예술가로 거듭날 수 있는 까닭이 있다면, 그건 삶을 바라보는 방식과 그것을 표현하고자 하는 의지의 문제가 아닐까 싶다. 똑같은 하루를 살아가더라도 누군가는 그것을 오래도록 바라보며 그 순간에 멈춰 있기를 선택하고, 그중에서 어떤 하루는 예술의 언어라는 몸피를 얻어 시적인 부피를 소유하게 되는 것이다. 어떤 의미에서 이것은 보편적인 예술론이라 할 수 있을 텐데, 즉 본질적인 의미에서 예술의 소재가 될 수 있는 특수한 사태는 따로 존재하는 것이 아니라 그것을 바라보는 존재의 눈에 의해 결정된다는 것이다. 그리고 이 말은 예술을 위한 언어가 따로 존재하는 것이 아니라는 점 또한 의미하는데, 예컨대 우리가 일상에서 사용하는 보편적인 언어 또한 적절한 방식으로 운용됨에 따라 얼마든 시적인 것으로, 예술의 재료로 거듭날 수 있음을 의미한다.

오늘 우리가 마주한 원태경이라는 시인이 삶의 한 토막을 꺼내어 '시'로 변모시키는 방식 또한 이와 같다. 이 시집을 관통하는 하나의 주제가 있다면, 그건 모든 사람이 경험하는 반복적인 삶의 고단함이라 할 수 있을 것이다. 누구나 경험하는 그 삶의 고단함이 원태경이라는 시인의 언어를 통해 예술로 거듭날 수 있는 까닭이 있다면 그건 그가 특수한 예술적 재능을 지녔기 때문이기보다는, 그가 자신의 삶을 그 동일성으로 말미암아 손쉽게 지나치는 것이 아니라 오래도록 바라보며 사색을 거듭해왔다는 사실 때문일 것이다. 같은 사물을 바라볼 때에도 어떤 이는 그것을 무심히 지나치는가 하면 어떤 이는 그 자리에 멈춰 오래도록 바라본다. 원태경이라는 시인은 이 중에서 후자에 해당할 텐데, 이는 그가 동일한 삶의 연속 속에서도 잠시 멈춰 설 줄 아는 사람이며 일상의 찰나를 예술의 순간으로 재발견하고자 하는 노력을 거듭하고 있다는 사실을 의미한다.

쓸쓸하다 이 집 식구들이 모두 잠든 아파트
베란다로 나와 홀로 세상을 본다
오늘은 하루 종일 황사에 시달려
별빛이 여기까지 닿지 못하는가 보다
붉은 십자가 모자를 꾹꾹 눌러 쓴 교회당은
계속 늘어나는 것 같은데 이 집 주인은 오늘도
세상이 점점 살기 힘들고 무섭다고 한다
저 아래 주차장에는 표본실에 전시된
딱정벌레, 하늘소, 풍뎅이, 무당벌레만 한
자동차들이 박제처럼 바닥에 붙어 있다
더듬이가 없어서일까 반딧불이만 한 자동차가
조심조심 기어서 들어왔다가 잠자리를 찾지 못하고
다시 돌아 나가고 있다 조금은 안타깝다
의심 많은 이 집 주인은 현관문에 이중삼중으로
잠금장치를 해놓고도 모니터로 얼굴을 확인해야
식구들도 집 안으로 들인다 안방에 들어서도
다시 문을 안으로 잠궈야 잠자리에 드는 집이
내가 사는 집이다

수상한 사람은커녕 좀처럼 이웃에서도 찾아오는
사람 없으니 신나게 개답게 짖어 보고 싶어도
개가 개소리 낸다고 주인에게 성대를 잘린 친구들 생각에
그저 나는 조심조심하며 산다
나의 꼬리는 충실하다
이 집 식구들의 냄새나 소리엔 반사적으로
꼬리부터 흔들어야 한다
식구들 각각의 코드에 맞게
뛰어가 안기거나 구르거나 엎드려 살살거리거나
캥거루처럼 앞발을 들고 깡총거리며
꼬리를 흔들어주면 된다
나는 꼬리로 이 집을 지키고
나의 인생은 꼬리에서부터 나온다
―「개」전문

시의 서두를 장식하는 1부의 작품 가운데 하나인 위의
작품은, 원태경이라는 시인의 작품 세계를 이해하는 데
필요한 길잡이 역할을 해준다. 여기에서 시인은 특수한
순간을 특수한 언어로 발화함으로써 '시적인 것'으로 형
성하는 것이 아니라, 연속되는 자신의 평범한 삶 속에 한
도막을 꺼내어 일상 언어를 통해 '시적인 것'으로 직조하
는 모습을 보여준다. 그 속에서 만성화된 삶의 고단함은
세계 전체를 미니어처들의 정원처럼 바라볼 수 있게 해주

는 부감을 제공하는 계기로 작동하며, 그 부감의 풍경 속에서 사물 하나하나는 한낱 대상에 머무는 것이 아니라 제각각 삶의 고단함이라는 서사적 배경을 지닌 하나하나의 개별적 존재들로 다시금 셈해진다.

여기에서 눈여겨보아야 할 점은 앞서 언급한 바와 같이, 이처럼 풍부한 존재론적 부피감을 지닌 사물들의 세계가 어떤 특수한 예술적 계기나 기교 섞인 언어를 통해 구성되는 것이 아니라는 점이다. 오히려 여기에서 예술적 계기가 탄생하는 것은 전적으로 시인의 결단에 의지하고 있다고 할 수 있다. 즉, 반복되는 일상 가운데 어떤 한 도막을 시의 무대로 끌어올릴 마음을 갖는 일과 그렇게 무대에 끌어올려진 일상의 한 순간을 언어를 통해 풍부한 미감을 가질 수 있도록 생명력을 불어넣는 일 말이다. 이때 원태경이라는 시인의 언어가 지닌 특질이 하나 더 드러나는데, 사물에 생명력을 불어넣는 그 특질이란 바로 생활감 어린 언어라 할 수 있다.

하루에도 몇 번씩 사직서를 쓰고 싶지만
원시인처럼 돌도끼를 들고
일용할 양식을 구할 자신이 없어
꼴린 뱃속으로 다스리다
퇴근길에 순대국밥집에 들어선다

여기서도 고무 함지 가득 뒤틀리고 헝클어진
희고 붉은 밸들이 서로 엉겨붙어 있다
순간 밸도 없는 놈들 돼지 같은 놈들이라고 쉽게
떠들고 다닌 내가 부끄러워진다
뒤틀리고 헝클어진 밸을 한 줄씩 풀어
밸 가득 붉은 선지며 우거지 잡채를 채워 넣자
꼴린 밸이 꿈틀거리며 다시 살아나고 있다
뻣뻣하게 일어서는 삽자루만 한 자존심도 보인다
뜨거운 순댓국 한 숟가락
맑고 투명한 소주 한잔
어둡고 헝클어졌던 밸이 풀어지는지
별빛까지 내장 속으로 묻어 들어왔는지
내장 속이 훤해지는 것 같다
　　―「순대국밥집」 전문

　이러한 특징은 1부에 제시된 시편들에서 공통적으로 나
타나는 특징이라 할 수 있는데, 그 가운데 「순대국밥집」
은 생활감 어린 언어가 어떻게 각각의 개별적인 존재들에
게 존재론적 부피감을 불어넣는지를 잘 보여주는 작품이
라 할 수 있다. 퇴근길에 들린 순대국밥집이라는 일상적
인 시공간을 시적 배경으로 다루고 있는 이 작품에서, 시
인은 각각의 개별적인 시어들을 삶의 밑바닥에 흐르는 피
로와 자존감의 문제를 통해 엮어내며, 반복되는 고단한

삶의 여정을 한 편의 시적 순간으로 승화시키는 모습을 보여준다. 이는 단지 양식적인 측면에만 국한되는 것이 아닌데, 특히 생물학적 기관이자 한 존재의 자존감을 의미하는 '밸'이라는 시어를 통해 두드러진다.

여기에서도 특징적인 것은 이 모든 시적 순간을 표현하고 있는 언어가 장식적이거나 기교 섞인 것이 아닌 생활감을 기반으로 한 일상 언어라는 사실이다. 외려 이와 같은 생활감 어린 어투가 더럽고 피로한 현실 속에서 "뜨거운 순댓국 한 숟가락"의 순간과 "맑고 투명한 소주 한잔"의 통증을 시적 순간으로 뒤바꿀 수 있는 힘을 불어넣는다. 그리함으로써 피로에 찌든 한 사내의 하루는 비로소 "별빛까지 내장 속으로 묻어 들어왔는지/ 내장 속이 훤해지는 것 같"은 시적 순간으로 화할 수 있는 것이다. 이와 같은 원태경의 시적 구조는 예술적 순간이 따로 존재하는 것이 아니라, 우리가 살아가는 모든 순간이 예술적 순간으로 화할 수 있는 자격이 있음을 증명하는 것이라 할 수 있겠다.

다른 한편으로 이와 같은 시각은 이 시집에서 보편적인 사물이 삶의 지혜를 전달하는 매개물로 작동한다는 사실과 연관된다. 가령 위에 언급한 시편들에서 '개'나 '돼지'와 같은 축생들이 여기에 해당한다 할 수 있겠는데, 이러한 특징은 특히 불교적 지혜를 다루고 있는 3부에서 핵심을 이루고 있는 것으로 보인다.

나무는 눈과 입이 한 몸이다
눈 속에 혀를 감추어 놓고
봄이 오면 꽃으로 태어나거나
눈 속에 감춰둔 둥글고 푸른 혀를
조금씩 내밀어 보여 주는 것이다
그 많은 혀로도 한마디 말도 안 하고
제 몸속에 하늘로 오르는 길을 키운다
가을이 끝나가면 그 많은 혀를 스스로
잘라버리고 다시 눈과 입을
한 몸으로 모으고 침묵하는데
나는 혀 한 개로도 자꾸 무엇인가 말하고 싶어
자주 입이 마렵다
—「나무는 눈과 입이 한 몸이다」 전문

앞선 시에서 사물이 화자의 관점을 뒤바꾸어, 일상을
시적 순간으로 승화시키는 계기로 작동했음에 유념하며
위의 작품을 읽어보자. 여기에서 그 역할을 하는 것은 '나
무'라 할 수 있겠는데, 이때 나무는 "눈과 입이 한 몸"인
존재로서, 꽃이 피고 지는 자연스러운 삶의 궤적을 통해
보고 말하는 일을 모두 행하는 존재라 할 수 있다. 이는
시의 뒷부분에서 제시되는 '나'의 모습과 대조를 이루며

하나의 지혜를 전달하는데, 그것은 "혀 한 개로도 자꾸 무엇인가 말하고 싶어/ 자주 입이" 마려운 일과 대비된다.

　이러한 구도 속에서 '나무'는 "자꾸 무엇인가 말하고 싶어"하는 나와 달리 "그 많은 혀로도 한마디 말도 안"하는 존재로, 그럼에도 "제 몸속에 하늘로 오르는 길을 키"우는 존재로 각인된다. 이때 자연적 대상물로서의 '나무'는 일종의 이상적인 존재물로서, 자신의 삶을 어떻게 살아갈 것인가라는 존재론적 물음에 대한 하나의 대답으로 제시된다. 그러한 의미에서 위의 작품이 갖는 의미란 한낱 사물에 불과한 나무를 지혜의 표상으로 뒤바꾸는 일이면서, 동시에 그러한 삶의 자세로부터 자기 삶의 순간순간을 다시금 셈하는 일이라 할 수 있을 것이다. 부러 입을 열지 않아도, 혹은 부러 장식적인 언어를 통하지 않더라도, 우리의 삶은 그 자체로 하나의 표상이자 언어로서 작동할 수 있는 것이다.

절에는
부처님 안 계신다는데
부처님께 인사드리러

산에 오른다
절에 든다
대웅전에 든다

안 계신 부처님께 인사 올린다

부처님 안 계신다는데
부처님 진짜 계시는 거 같고
부처님 분명 대웅전에 계시는데
부처님 정말 안 계시는 것 같고

부처님
어디서 빙그레 웃고 계실까
— 「큰스님 말씀 3」 전문

이는 궁극적으로 그의 시집에서 '부처'가 표상하는 의
미와도 연결된다. 위에 인용한 시에서 '부처'는 화려하게
장식된 조각상과 같은 특별한 시각적 형상을 통해 현현
하지 않는다. '부처'는 우리가 흔히 생각하는 금빛의 거대
한 형상으로도, 혹은 잔뜩 말라비틀어진 나무 조각과 같
은 모습으로도 현현하지 않는데, 그렇기에 화자는 거듭
부처의 모습을 찾는 듯한 모습을 보인다. 궁극적으로 그
는 지상 세계에 부재하고 있는 것처럼 보이는데, 역설적이
게도 그 부재가 우리로 하여금 '부처'라는 존재를 그 어느
때보다 강하게 감각하도록 만든다.
　예컨대, '부처'가 없기에 화자는 거듭 그분의 이름을 부

름으로써 이 시적 순간 속에 언어를 통해 그가 현전하도록 하고 있으며, 그러한 언어를 통한 현전을 통해 분명 부처는 여기 어디에도 존재하지 않음에도 어디에나 있고, 모든 순간에 함께하고 있는 것 같은 착각을 불러일으키는 것이다. 그렇기에 화자는 "안 계신 부처님께 인사"를 올리는 것이 아닐까? 예컨대, '부처'란 육중한 무게감과 부피를 통해 물리적으로 존재하기에 의미가 있는 것이 아니라, 그의 마음을 따르려는 이들의 행동을 통해 그 모든 시공간에 동시적으로 존재하게 되는 것이다.

세월의 더께를 입고
햇살 아래 가부좌를 틀고 앉은 석불들
모두 머리가 잘려 나간 부처님
오랜 세월 합장하시고
새로 오실 부처를 기다리고 계시네
머리 없는 석불 위에
새로 오신 부처께서 자신의 머리를 슬며시 얹고
순간 부처가 되어보지만
사진만 찍고 나면 모두
부처의 자리에서 중생의 자리로 돌아간다
부처가 되는 게 부처의 자리가 얼마나
어렵고 힘든 자리인지 모두 알고 있는가 보다
새로 오실 부처를 기다리고 계시는

머리 없는 부처님 소원은 언제 이루어지려나
　―「순간 부처」 전문

　그렇기에 「순간 부처」와 같은 시에서, 그 모든 형상들
은 모두 부처의 현현으로 이해될 수 있는 것이리라. "가부
좌를 틀고 앉은 석불들" 가운데 "머리 없는 석불"이 있다
할지라도, 그의 형상이 깨어졌으니 부처가 아니게 된 것
이 아닌 것이다. 외려 그 가운데 어느 하나 빈자리가 있거
든, 그 자리 또한 부처가 있는 것으로 읽을 수 있게 만드
는 것. 그것이 바로 원태경이라는 시인의 언어가 지닌 힘
이 아닐까. 예컨대, 일상을 시적인 것으로 읽을 수 있게 만
드는 힘과 부재를 존재로 읽게 만드는 힘은 서로 다른 것
이 아닌 셈이다.

　예술은 거창한 재능의 산물이 아니라, 반복과 인내의
산물이다. 삶의 허무와 피로를 견디는 동안, 언어는 조금
씩 달라진다. 그 달라진 언어가 문장이 되고, 문장이 쌓여
결국 한 사람의 세계가 된다. 이 세계를 구축하기 위해 필
요한 것은 영감이나 기술이 아니라, 매일의 고단함을 견
디는 마음의 근력인 셈이다. 어떤 이는 그 시간 속에서 무
기력에 잠식되고, 또 다른 어떤 이는 그 시간을 환한 빛의
형태로 뒤바꾸는 것이다. 마찬가지의 의미에서, 원태경이

라는 시인이 일상을 시적 순간으로 다시 셈하고, 부재를 존재로 읽어내며, 그로부터 존재가 지닌 내면의 환한 빛을 밝혀내는 것 또한 일상 속에서 그 무수한 고단함을 견뎌온 마음의 근력이 있기에 가능한 일일 것이다.

이와 같은 원태경의 시적 세계가 보여주는 의미 가운데 하나는 결국 예술이란 삶의 대척점에 있는 것이 아니라는 사실이다. 오히려 예술은 삶을 바라보는 우리 눈 속에 있다. 우리의 눈을 통해 삶의 저 깊은 곳에 자리 잡고 있는 예술이 외화되는 것이며, 가장 초라하고 무심해 보이던 순간들도 시적인 순간들로 다시 피어나는 것이다. 은행의 대기표와 식당의 소음, 빨래와 냄비, 창문 너머의 별빛과 같은 것들이 예술의 재료가 될 수 있는 까닭은, 예술이 특별하기 때문이 아니라 인간의 '살아 있음' 그 자체가 바로 특별하기 때문일 것이다. 물론 그 특별함을 감각하는 일이 우리 생의 모든 문제를 해결해주지는 않는다. 삶을 다시 바라보는 관점은 그 자체로 모든 외부적 문제의 해결책은 아니라는 것인데, 중요한 것은 적어도 그와 같은 관점의 변화가 우리의 삶을 한층 견딜 만한 것으로, 풍부한 의미의 세계로 뒤바꾸어준다는 사실이 아닐까? 인간은 오직 밥만으로 살 수 없듯이, 우리의 일생을 살아갈 만한 것으로 바꾸어주는 것은 바로 그와 같은 시선이 아닐까. 시인의 작은 목소리에 밑줄을 그어가며 그런 생각을 해본다. 우리의 지리멸렬한 하루가 그 자체로 예술의 형식이

라는 사실을 마음 깊이 새겨본다. 끝

달아실시선 106

빗살무늬 토기에 관한 기억

1판 1쇄 발행	2025년 12월 24일
지은이	원태경
발행인	윤미소
발행처	(주)달아실출판사
책임편집	박제영
디자인	전부다
법률자문	김용진, 이종진
기획위원	박정대, 이홍섭, 전윤호
편집위원	김선순, 이나래
주소	강원도 춘천시 춘천로 257, 2층
전화	033-241-7661
팩스	033-241-7662
이메일	dalasilmoongo@naver.com
출판등록	2016년 12월 30일 제494호

ISBN 979-11-7207-085-4 03810

* 잘못된 책은 구입한 곳에서 바꿔드립니다.
* 책값은 뒤표지에 표시되어 있습니다.

* 이 책은 강원특별지치도, 강원문화재단으로부터 제작비 일부를 지원받았습니다.